DON VICTOR BALAGUER

MEMBRE DE L'ACADÉMIE ROYALE ET DES CORTÈS ESPAGNOLES
ANCIEN MINISTRE

UN DRAME LYRIQUE

AU XIIIᵉ SIÈCLE

Communication faite à la Real Academia
de la Historia

ET TRADUITE DE L'ESPAGNOL

Par CHARLES BOY

de la Société des Langues romanes.

LYON

CHATEAUNEUF, LIBRAIRE-ANTIQUAIRE

Place Saint-Nizier, 5.

—

1880

UN DRAME LYRIQUE AU XIIIe SIÈCLE

DON VICTOR BALAGUER

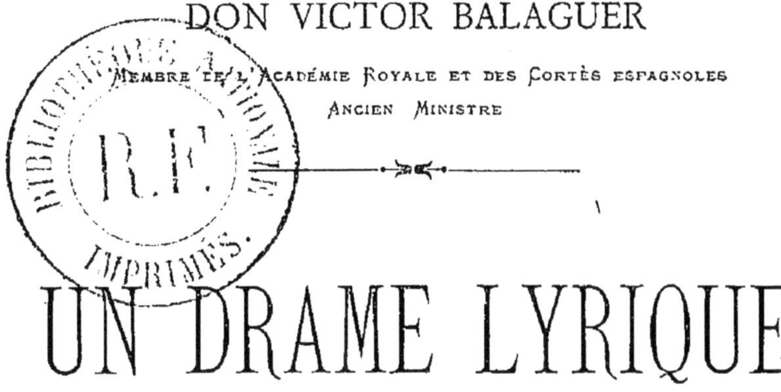

Membre de l'Académie Royale et des Cortès espagnoles
Ancien Ministre

UN DRAME LYRIQUE

AU XIIIe SIÈCLE

Communication faite à la Real Academia
de la Historia

ET TRADUITE DE L'ESPAGNOL

Par **CHARLES BOY**

de la Société des Langues romanes.

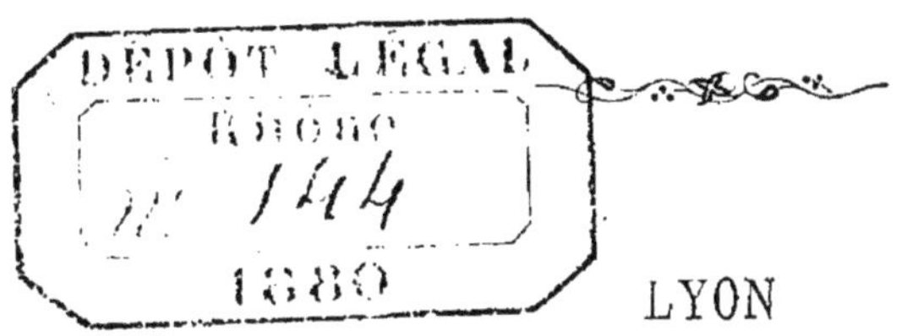

LYON

CHATEAUNEUF, LIBRAIRE-ANTIQUAIRE

Place Saint-Nizier, 5.

—

1880

I

Grâce à mes relations de vieille confraternité avec
D. Francisco Asenjo Barbieri, le bibliophile et le
compositeur éminent, j'ai eu la bonne fortune de
lire un des deux cents exemplaires que la Société
des Lettres, Sciences et Arts des Alpes-Maritimes a
fait tirer à Nice du *Martyre de sainte Agnès* (1), tragédie en ancienne langue provençale que cette société a le tort, suivant moi, d'intituler *Mystère*.

C'est au savant professeur allemand, Charles
Bartsch, qu'on doit la découverte et le premier
compte-rendu de cette œuvre, trouvée par lui à
Rome dans la bibliothèque du prince Chigi. J'ai pu

(1) Voir la *Revue critique* du 18 septembre 1869 et l'*Examen
du manuscrit de la bibliothèque Chigi*, par M. Léon Clédat, professeur à la Faculté des Lettres de Lyon (*Note du traducteur.*)

en faire copier une partie, copie malheureusement tronquée et imparfaite, son auteur étant complètement étranger à l'ancienne langue provençale, mais aujourd'hui, comme je viens de le dire, nous en avons une édition faite par la Société des Alpes-Maritimes, sous l'habile direction de M. A.-L. Sardou. Le texte vérifié par lui sur le manuscrit original, a été, par lui également, enrichi d'éclaircissements et de savants commentaires qui offrent un sérieux intérêt, et, de plus, il contient l'indication en notes modernes de la musique des morceaux chantés.

Cette publication est importante, mais son tirage à un petit nombre d'exemplaires ne la met pas à la portée de tous ceux qui pourraient l'étudier avec profit, et, d'autre part, bien peu de personnes aujourd'hui entendent l'ancien provençal (1). Aussi ai-je cru devoir en faire, pour l'Académie, si bienveillante à mon égard, une analyse que je lui présente avec quelques observations personnelles sur une œuvre contenant, à mon avis, les renseignements les plus précieux pour déterminer les origines du théâtre moderne.

Ces origines on les a cherchées dans ces réminiscences des fêtes et cérémonies païennes conservées par le peuple aux premiers âges du christianisme, et encore dans ces sortes de représentations données dans les églises sous la direction de poètes

---

(1) Les mêmes motifs ont porté à donner une traduction française de l'étude du savant académicien espagnol. (*N. du trad.*)

chrétiens qui mettaient en action des faits de l'histoire sainte avec un certain goût classique et sous une forme véritablement dramatique.

C'est au vi⁰ siècle qu'on fixe généralement la date des premiers ouvrages de ce genre, tous écrits en latin ; mais au ix⁰, époque où on commença à se servir de la langue vulgaire pour la prédication et le chant de quelques hymnes, les œuvres que l'on représentait durent également être écrites dans ce langage.

La plus ancienne composition dramatique, ou *mystère*, connue en langue provençale, était le fragment publié par Raynouard des *Vierges sages et des Vierges folles*. On la croit du xi⁰ siècle ; mais, malgré Raynouard qui la donne comme écrite en ancien provençal, elle appartient à trois langues, car le latin s'y mêle et s'y confond avec les langues d'*oc* et d'*oil*.

Ce mystère des *Vierges sages et des Vierges folles* est une véritable composition dramatique dans laquelle on voit figurer de nombreux personnages dont quelques-uns, tels que les vierges, des marchands et l'Epoux, parlent en langage vulgaire ; en voici le sujet :

Des femmes pieuses vont à la recherche du Sauveur et l'Ange gardien du sépulcre leur apprend qu'il est ressuscité. L'Epoux apparaît prêchant la régularité et la vigilance aux vierges qui lui répondent, les sages d'abord, les folles ensuite. Des marchands prennent part à la conversation, et l'Epoux prononce son arrêt contre les vierges folles qui sont saisies par les démons. Suivent de nombreux et interminables dialogues entre des personnages de l'ancien et du nouveau Testament, mêlés à Virgile et à la Sibylle qui rendent témoignage des prophéties annonçant la venue du Sauveur.

Evidemment une pareille représentation était entourée d'une certaine pompe et se donnait avec solennité. Mais à cette supposition se réduisait tout ce qu'on savait des représentations dramatiques en langue provençale, et mon opinion n'avait pas assez de valeur pour modifier celle des écrivains qui, s'étant occupés de la littérature des troubadours, ont nié qu'il existât un théâtre à leur époque. Une affirmation aussi absolue n'aurait pas dû se produire.

Le Mystère des *Vierges sages et des Vierges folles* n'était pas, sans doute, à lui seul un argument suffisant pour affirmer l'existence d'un théâtre en ce temps-là ; mais si on le rapprochait des renseignements de grande valeur contenus dans les chroniques, les manuscrits et les archives, il pouvait déterminer certains auteurs à réserver au moins leur opinion.

L'existence d'un théâtre — en n'oubliant pas de le considérer à travers le peu de culture intellectuelle à cette époque, l'état des mœurs, le faible développement de l'art et sa forme toute primitive alors — l'existence d'un théâtre, dis-je, dans cette littérature des XIIᵉ et XIIIᵉ siècles, exubérante de vie et de sentiment, était clairement indiquée dans les mémoires du temps.

Il est permis de trouver que ce mystère des *Vierges sages* n'est pas une preuve suffisamment concluante, quoique la forme de l'ouvrage soit évidemment *dramatique*, et quoique personne ne puisse douter qu'il ait été écrit pour la *représentation;* il est permis de n'accepter que sous toutes réserves, au sujet des œuvres théâtrales des troubadours, l'opinion de Nostradamus, aujourd'hui où malheureusement on a eu maintes fois l'occasion de trouver des erreurs dans sa chronique; mais quiconque a pu faire une étude sérieuse et suivie des mémoires et des manuscrits de l'époque, y a trouvé des indications, des renseignements et des faits qui ont dû le convaincre jusqu'à l'évidence, qu'un théâtre ou quelque chose de semblable devait exister dans cette société polie et chevaleresque

Suivant ce que j'ai lu dans une chronique du temps, Ricard de Noves composa, à l'occasion de la mort du comte de Provence Raymond Bérenger, survenue en 1245, un chant funèbre qu'il récitait dans les châteaux et les demeures des grands seigneurs. Il apparaissait alors sur des tréteaux dressés à cet effet, vêtu de deuil, faisant les pas, les gestes, les mouvements appropriés aux paroles, exécutant les changements de ton et n'oubliant rien de ce qui pouvait contribuer à augmenter l'effet dramatique.

Dans un manuscrit qu'on m'a montré à la bibliothèque d'Aix, j'ai lu une poésie du xii° siècle, attribuée à Raimbaud d'Orange, l'amant de la comtesse de Die. Cette poésie était évidemment destinée à être dite en public et avec une certaine mise en scène, car entre chaque strophe on a inséré des notes en prose latine, relatives aux attitudes, aux inflexions de voix, et aux sentiments d'horreur, de tristesse ou de joie qu'il fallait rendre, comme pour aider celui qui devait représenter ou déclamer ce *soliloque*.

Dans un autre manuscrit du xiiie siècle, il est dit que l'aimable marquis de Montferrat donnait fréquemment, dans son château, de grandes fêtes ou, comme nous dirions aujourd'hui, des matinées littéraires. Sur une estrade dressée dans un angle de la salle, des jongleurs venaient amuser les spectateurs, jouer de divers instruments, chanter des sirventes et des chansons, ou *déclamer les vers* des plus célèbres troubadours, qui parfois paraissaient eux-mêmes *sur les planches* pour improviser entre eux des dialogues ou des *tensons* sur un thème donné avec empressement par les dames et les chevaliers.

Nous voilà sur les traces d'un théâtre provençal aux xiie et xiiie siècles, ou tout au moins nous voilà autorisés à croire qu'il en existait un ; mais des arguments plus précis et plus concluants ne font pas défaut.

On sait qu'un troubadour, du nom de Roger de Clermont, avait composé des *comédies* fort bien faites, et qu'il allait les réciter ou les représenter dans les châteaux et dans les cours les plus renommées, suivi d'un grand et riche équipage, et d'une nombreuse troupe de jongleurs et de serviteurs. La signification du mot *comédie* en ce temps-là est connue ; mais que pouvaient bien être et ce riche matériel et cette troupe de jongleurs et de serviteurs, sinon des acteurs destinés à représenter les personnages, sinon des accessoires dont on devait faire usage dans certaines représentations théâtrales? Ce Roger de Clermont, avec sa suite d'acteurs et de décors, ressemble bien à ces directeurs de troupes ambulantes que nous voyons apparaître quelques siècles plus tard en Espagne, et dont il est question dans le *Viaje entretenido* de notre Rojas et dans d'autres ouvrages.

Eugène Baret, sur la foi d'anciennes chroniques, rapporte que le troubadour Gancelme Faydit tira de ses œuvres dramatiques deux ou trois mille *livres* en les faisant représenter et en encaissant le prix payé par ceux qui venaient l'entendre. Il ajoute que Gancelme était l'auteur de la comédie intitulée: *la Heregia dels Preyres*, citée par Roquefort, œuvre que le poète conserva longtemps entre ses mains, mais qu'il finit par livrer au marquis Boniface de Montferrat, qui la fit représenter dans son château.

Ces renseignements joints au fragment des *Vierges prudentes* dont nous devons la connaissance à Raynouard, sont bien suffisants pour établir l'existance d'un théâtre au temps des troubadours, mais j'ai eu le bonheur d'en trouver une preuve, pour moi tout à fait concluante, en feuilletant les manuscrits de la bibliothèque d'Aix.

La comtesse Garsende de Sabran, épouse d'Alphonse II, qui succéda à son père comme comtesse de Provence en 1196, c'est-à-dire dans les derniers jours du XII⁰ siècle, la comtesse Garsende de Sabran faisait représenter dans son palais d'Aix, pendant la fête de la Nativité, des *comédies* dont le sujet rappelait l'adoration des bergers et des Mages ou des incidents relatifs à la naissance de l'Enfant-Dieu. A ces *comédies*, qui se jouaient chaque année dans le palais comtal pour les fêtes de Noël, tout le peuple était admis, et il se mêlait à la cour pour admirer les choses merveilleuses dont le salon du château était témoin. On y voyait l'étoile des Mages, les anges descendant des nues pour annoncer la bonne nouvelle, et on y contemplait, parlant et agissant *en chair et en os, notre glorieux père saint Joseph ainsi que la Bienheureuse Vierge au milieu des bergers et des rois* (1). Et le manuscrit où je trouve ce précieux renseignement, ajoute que « ces *comédies* étaient dirigées par la comtesse Garsende et écrites par elle-même en vers provençaux ; la comtesse Garsende, non contente d'être une des plus nobles, des plus aimables et des plus belles dames de son temps, étant encore un poète célèbre, présidant des cours d'amour, et un troubadour enthousiaste et inspiré. »

Postérieurement à la découverte de ce document, j'ai eu l'occasion de lire vingt-deux vers provençaux, fragment d'un *Mystère des Innocents ou de la Nativité,* — œuvre du XIIIe siècle, très-probablement de la comtesse Garsende — publiés par M. Camille Chabaneau. Enfin la *Revue des Langues romanes* du 15 septembre 1876, m'a appris qu'on avait trouvé

(1) Ces sortes de représentations ont toujours été et sont encore en grand honneur dans les églises ou les chapelles de nombreux villages de la Provence. (*N. du trad.*)

dans les manuscrits de Didot, un *Mystère de la Passion* de la même époque, également en langue d'oc.

J'ai cru rencontrer dans cet ensemble de renseignements des raisons suffisantes pour ne pas suivre, dans mon *Histoire politique et littéraire des Troubadours*, l'opinion généralement admise, et pour me séparer des auteurs qui disent à peu près tous — et ne sont contredits par personne — qu'aux XIe, XIIe et XIIIe siècles, il n'y eut pas en Provence de littérature dramatique, et que les poètes provençaux ignorèrent complètement l'art du théâtre. Longtemps j'ai hésité entre les indications par moi recueillies et l'autorité de savants éminents qui niaient d'une façon absolue ce que mes notes me démontraient cependant d'une manière bien claire; et n'osant contredire ce qu'affirmaient péremptoirement les hommes les plus compétents dans la matière, je me suis borné à exprimer quelques doutes et à réserver mon opinion. Je m'en félicite aujourd'hui, car le problème est résolu avec la brutalité d'un fait, par la *Tragédie de sainte Agnès*, comme il est écrit dans le manuscrit original, et non le *Mystère*, comme on a eu le tort de l'imprimer dans cette édition que j'ai sous les yeux et dont je vais donner une rapide analyse.

En découvrant la *Tragédie de sainte Agnès*, on a pour ainsi dire levé la toile d'un théâtre dont on niait l'existence. Aujourd'hui l'ombre d'un doute ne peut plus exister.

C'est un drame et non un *mystère*, et, qui plus est, un drame lyrique où le chant alterne avec la déclamation ; c'est un drame romantique avec des vers de différentes mesures, avec des scènes à grand spectacle, avec une foule de personnages, avec de fréquents changements de scène, avec une action d'un intérêt réel et soutenu, et avec seize passages en musique, chœurs, solos ou dialogues chantés.

Ce drame est évidemment du xiiie siècle et il ne peut pas être le premier, car l'auteur semble trop bien suivre d'un pas assuré des routes connues et des sentiers frayés, mais il est, sans aucun doute, un des premiers offrant une action dramatique traitée à la fois et par la parole et par le chant.

Le texte est en vers provençaux et les annotations en prose latine. Laissez-moi cependant le remarquer : certaines tournures, plus d'une phrase entière et bien des expressions en usage seulement dans un rayon déterminé, nous donnent le droit de croire que l'auteur inconnu de cet ouvrage est originaire du pays compris entre Montpellier, Narbonne, le Roussillon et la Catalogne, de sorte que son œuvre appartient au rameau espagnol de la littérature provençale.

Le mètre, qui varie suivant le sujet de la scène, va de l'alexandrin au vers de huit pieds. En tête de chaque morceau chanté, la note latine indique l'air, qui est toujours celui de quelque chant populaire de la Provence ou de l'œuvre célèbre d'un troubadour dont le premier vers est cité, exactement comme dans les vaudevilles français.

Le nom de l'auteur, je l'ai déjà dit, est inconnu et les premières pages du manuscrit n'existent pas ;

mais M. Sardou a eu l'heureuse idée de les remplacer par le commencement de la relation latine des Actes de sainte Agnès, par saint Ambroise, que l'auteur devait avoir sous les yeux en composant son drame.

Voici le titre latin du manuscrit, dont la lecture suffit à prouver qu'il a été écrit postérieurement à la date de la composition de l'ouvrage, mais où l'on a conservé le nom de *Tragédie*, donné par l'auteur à son œuvre, et non pas celui de *Mystère* :

Tragedia
D. Stæ Agnetis Martyris,
rithmicis versibus
conscripta
prisca Occitania lingua
cum notis musicis quæ tunc in usu erant.
Incerto auctore.

Impossible que cette tragédie n'ait pas été faite pour être représentée, et représentée non dans une église, mais sur un théâtre public, avec une grande mise en scène, avec décors, chœurs, gardes, peuple, bourreaux, courtisanes, anges, démons et personnages à cheval, comme on peut le voir par les annotations. Elle est sans doute fort éloignée de la perfection, mais elle laisse apercevoir une véritable connaissance du théâtre, et il serait facile, sans trop de changements, d'en faire un drame moderne à grand spectacle, comme on en jugera par l'analyse qui va suivre.

II

La tragédie de sainte Agnès débute par cette préface en élégante prose latine, due à la plume de saint Ambroise :

« Tertio decimo ætatis suæ anno mortem perdidit et vitam invenit, quia solum vitæ dilexit Auctorem. Infantia computabatur in annis sed erat senectus mentis immensa : corpore quidem juvencula sed animo cana ; pulchra facie sed pulchrior fide.

« Quæ dum a scholis reverteretur, a Præfecti Urbis filio adamatur. Cujus parentes cum requisisset et invenisset, cœpit offerre plurima et plura promittere. Denique detulerat secum pretiosissima ornamenta. Unde factum est ut juvenis majore perurgeretur amoris stimulo. Et putans eam meliora velle accipere ornamenta, omnem lapidum pretiosorum secum defert gloriam ; et per seipsum et per amicos et notos et affines cœpit aures virginis appellare, divitias, domos, possessiones, familias atque omnes mundi delicias promittere si consensum suum ejus conjugio non negaret.

« Ad hæc B. Agnes fertur juveni dedisse responsum :

« Discede a me, fornes peccati, nutrimentum facinoris, pabulum mortis; discede a me, quia ab alio jam amatore præventa sum, qui mihi satis meliora te obtulit ornamenta et annulo fidei suæ subarrhavit me, longe nobilior et genere et dignitate... Ipsi me tota devotione committo quem cum amavero, casta sum ; cum tetigero, munda sum ; cum accepero, virgo sum...

« Audiens hæc insanus juvenis amore carpitur cæco, et inter angustias animi et corporis anhelo cruciatur spiritu. Inter hæc lecto prosternitur et per alta suspiria amor a medicis aperitur. Fiunt nota patri quæ fuerant inventa a medicis (1). »

Telle est la prose latine avec laquelle on a remplacé les vers qui manquent au manuscrit provençal. Le jeune homme et le préfet son père sont en scène.

Le fils déclare à son père que l'amour d'Agnès peut seul le guérir de sa peine, et le préfet, appelant

____

(1) *Vita S. Agnetis auctore S. Ambrosio. Acta sanctorum* ; *Jan. t. II*, p. 851.

par trois fois Rabat, le charge de lui amener Agnès.
Rabat va trouver la jeune fille, l'engage à répondre à l'amour du fils du préfet, et lui ordonne de le
suivre. Elle répond qu'elle obéira au préfet en se
rendant auprès de lui, mais que jamais elle ne con-
sentira à satisfaire le désir de son fils.

Agnès et Rabat arrivent chez le préfet, nommé
Sempronius, qui fait asseoir la jeune fille, la comble
de prévenances, lui vante les qualités de son fils et
la prie de l'accepter pour époux.

« Puissant sénateur, répond Agnès, les hommes
en place et les grands ne doivent pas chercher à
faire violer la loi et à méconnaître le droit, car ils
sont établis pour maintenir l'un et l'autre et non pas
pour les détruire. Le droit dit que nul homme ne
peut avoir deux femmes, et nulle femme deux ma-
ris. J'ai un mari ; si je m'unissais à ton fils, j'en
aurais deux, et personne ne me respecterait plus,
car, étant la femme légitime de l'un, je ne pourrais
être que la concubine de l'autre. Non, non, je ne
ferai jamais cela de ma vie, et pour mon seigneur
je conserverai toujours l'intégrité de mon corps,
comme c'est le devoir de toute femme qui aime son
mari. »

Je vois que les chrétiens t'ont rendue folle, lui
dit Sempronius. Et de nouveau, par trois fois, il appelle Rabat, à qui il donne l'ordre d'amener devant
lui les Romains de son conseil, et les membres de
la famille d'Agnès.

Tous se rendent à son appel et Sempronius, ayant
pris l'avis de ses conseillers, s'emporte contre le

père d'Agnès en lui disant que, puisqu'elle est chrétienne, c'est de lui et de sa famille qu'elle a reçu
la nouvelle religion, car c'est de leurs parents seuls
que les enfants tiennent leur éducation. Dans sa
colère, il les menace tous du feu.

Le père, le frère aîné, le plus jeune frère et un
cousin d'Agnès répondent au sénateur avec fierté
et repoussent son accusation, tandis qu'un autre
de ses cousins, s'adressant à la jeune fille, lui demande s'il est bien possible qu'elle soit chrétienne.
Agnès en vers magnifiques confesse aussitôt sa foi
et déclare qu'elle suit la loi de Jésus-Christ à l'insu
de sa famille. Ses frères et ses cousins, pleins d'horreur, l'accablent de reproches et maudissent l'heure
où elle est née. Un Romain, au nom de tous les autres, dit au préfet qu'en bonne justice on ne peut pas
condamner ces hommes, et Sempronius ordonne de
leur donner la liberté et de le laisser seul avec Agnès.

Suit entre les deux personnages une longue scène
vraiment intéressante, écrite avec sentiment et avec
feu. Le préfet recommence à prier la jeune fille de
se rendre aux désirs de son fils, mais la jeune fille
lui répond de nouveau qu'elle est l'épouse du Fils
de la Vierge, mort en croix pour sauver le monde.
Insistance de l'un, résistance de l'autre. En vain
Sempronius, pour la convaincre, fait-il, avec déli-
catesse, appel à tous les moyens — quelques-uns
du plus grand effet dramatique — que lui suggè-
rent son cœur et son amour de père. Agnès reste
inébranlable, et, dans une longue tirade de vers
harmonieux, elle affirme sa religion, son amour de

Dieu, son mépris des vanités du monde et son dédain pour les idoles de métal, de bois et d'argile. Exaspéré en l'entendant blasphémer ses dieux, le préfet appelle encore Rabat, lui ordonne de conduire Agnès dans la maison de prostitution, et de la livrer nue aux passions et aux outrages de ceux qui fréquentent ces sortes de lieux.

Rabat l'emmène et un nouveau personnage apparaît sur la scène, c'est Saboret, le crieur public. Ici le mètre change et le vers de douze pieds succède à celui de huit.

— Saboret, lui dit le préfet, va crier par toute la ville que, pour avoir blasphémé contre notre sainte déesse, Agnès a été conduite à la maison publique, et que là pourront la trouver les truands, les ribauds et les vauriens. Nous verrons bien si ses dieux la protégeront.

> Saboret, vai cridar que vengan li marpaut
> E li luxurios e tut li aul ribaut,
> E veiran el bordel Ainés, qu'a blaifemada
> Nostra sancta divesa e formentz deisonrada,
> E poiran lur plaser am lui complir e far,
> E veiren si'l sicus dieus l'en poira adjudar.

La scène change ; on est devant une place publique, et Saboret paraît à cheval, parcourant le théâtre dans tous les sens et criant :

— Où êtes-vous, truands et va-nu-pieds ? Allez vite au lupanar, misérables et vagabonds ! Vous y trouverez Agnès, qui a blasphémé contre nos dieux et qui les outrage en leur préférant un homme qu'elle dit fils de ce Dieu qui a fait le ciel. Allez vite et vous verrez la plus jolie fille qui fût jamais!

> Ou est, ribaut e's es-quexà ?
> Venus tost, marpaut è mivà,
> Al bordel, e poires aver
> Aines à tot vostre plaser :
> Qu'ich à nostre Dieu blasfemat
> E vil tengut e deisonrat
> Per un home que diz qu'es
> Filz d'aquel Dieu que lo cel fes.
> Venés en tost e vereisho
> Qu'hanc plus belha filha no fo.

La mère et les sœurs d'Agnès entendent le crieur public, et rien de plus tendre et de plus doux que les chants de douleur mis par le poète dans la bouche de ces malheureuses femmes.

C'est ici que commencent les morceaux en musique. Le chant de la mère, dit la note, est sur l'air de l'aubade : *Rei glorios, verai lums e clartat.*

— Roi glorieux, notre Seigneur, pourquoi suis-je née? Que ne suis-je morte le jour où je t'ai mise au monde, ma douce fille ! Que si ma joie fut grande alors, ma douleur n'en est que plus forte aujourd'hui, car je t'ai enfantée un jour de malheur !

> Rei glorios, sener, pequ'hanc nasquiei ?
> Morir volgra lo jorn que't enfantei
> Belha filha ; quar anc n'aic alegranza,
> Ar n'ai mil tanz de dol e de pensanza,
> Que mala fossas nada !

Suit le chant des sœurs sur le même air, auquel répond dans le lointain l'hymne magnifique d'Agnès, s'élevant du réduit où elle est enfermée, et sur l'air populaire de :

El bosc clar ai vist al palais Amfos
A la fenestra de la plus auta tor.

« Puissant roi qui créas les éléments, garde mon corps contre tous ces méchants ! Noble Seigneur, fais que je ne sois pas souillée par leur contact et défends-moi, Seigneur *loyal*.

« Ma douleur est si grande que le cœur me manque, car je suis nue au milieu de cette tourbe impure. Agréable me serait la mort si je pouvais monter au ciel, où sont tous mes désirs, avec mon Seigneur. »

Rei poderos qu'as faz los elemenz,
Garda mon cos d'aquestas malaz genz :
Que no'l puescan tocar, sener plascenz
Ni oressar : sias mi bon defendenz
Sener leals !

Tal dolor ai que'l cor mi vol partir
Car nuda sui afr' aquesta gen vil,
Per lo mieu grat adès volgra morir,
Sol que'l cel fos, on ai tot mon desir,
Ab mon sener.

La scène suivante se passe au ciel et le vers change de mesure. Le Christ apparaît et s'adressant, en vers alexandrins, à l'archange saint Michel, il le charge de porter à son épouse Agnès une longue chevelure qui servira à cacher sa nudité. En même temps il remet à l'archange une épée avec ordre de défendre la vierge et de tuer quiconque essaiera de la profaner.

L'archange entre dans la demeure des prostituées, et remet à Agnès la chevelure qui aussitôt l'enveloppe complètement, tandis que les anges entonnent un cantique. Ce cantique semble un chœur d'oiseaux aux oreilles des autres femmes de la maison, et il provoque une scène intéressante qui est, sans contredit, la meilleure du drame.

Piria, Elisa, Sancha et d'autres courtisanes se précipitent hors de leur demeure et causent entre elles au milieu des autres acteurs qui se rassemblent à leur voix.

— Avez-vous entendu, leur demande Piria, le chant de ces oiseaux qui nous ont fait sortir de chez nous ? C'est à cause de cette femme qui a été prise pour avoir refusé d'adorer Vesta et pour n'avoir pas voulu répondre à l'amour du sénateur.

> Aves auzit los chants qu'an fals aicil aucelh,
> Ni com nos an gitados dinz de nostre bordelh
> Per la femna qu'es presa, quan no vol asorar
> La divesa Na Vestis ni'l cenador amar ?

Les courtisanes, comprenant qu'il y a dans ce fait quelque chose de surnaturel et de merveilleux, en viennent à appeler Agnès pour lui dire qu'elles veulent adorer le Dieu qu'elle adore, abandonner le culte de Vesta et être instruites par elle dans la religion chrétienne.

Agnès accueille leur demande et lorsque, au nom de toutes, Piria a déclaré qu'elles étaient instruites, ensemble elles entonnent un cantique d'action de grâces sur l'air de *Bel paires car, non vos veireis ab mi* :

Belh sener Dieus que's en crotz fust levatz
E's al ters jorn de mort ressucitaz
Tu sias grazit ; car for ors de pecatz
E de follor.

Sancta Maria, Maire del Creator :
Prega ton Filh per la sancta douzor :
Qu'el nos perdon e nos done s'amor,
Si a lui plai.

Au cantique des courtisanes sur la porte de leur demeure, répond du haut du ciel un cantique de Jésus-Christ et de ses anges.

Cependant le fils du préfet, apprenant où avait été conduite sa bien-aimée, l'envoie chercher par des gardes, qui la trouvent sous la protection de l'ange éclatant de lumière et l'épée nue à la main. Ils reviennent alors à leur maître, lui racontent ce qu'ils ont vu, et lui parlent de cet ange gardien *plus brillant que le soleil dans toute sa splendeur.*

Sener, nos hem vengut, mais nos hem fort torbat
Car ab la verge Ainés non avem res trobat,
Mais sol l'anjel de Dieu, que foi majhor clartat
Que non fat le solelz quant es en son regnat.

Furieux, le fils du préfet leur ordonne de retourner ; mais leur nouvelle tentative n'a pas plus de succès que la première ; l'ange est toujours là, l'épée nue à la main, protégeant la jeune fille, et les gardes reviennent effrayés et confus.

Eh bien, j'y vais, s'écrie le jeune téméraire, et nous verrons si cet ange la protégera !

Il y va en effet. — Ivre d'amour et de colère, il

veut s'emparer d'Agnès qui lui résiste et le menace. Mais au moment où il tente de la prendre entre ses bras, l'ange le frappe de son épée de feu et le tue. Arrivent les gardes qui, apercevant le corps du fils du préfet, croient qu'Agnès l'a assassiné, et se répandent dans la ville pour donner l'alarme. Sempronius voit le tumulte et en demande la cause ; mais il ne parvient pas à savoir la vérité, que lui cachent tous ceux qu'il interroge. Enfin un Romain la lui apprend, et il court accabler d'injures Agnès et lui demander compte du sang de son fils. La jeune fille lui dit le fait et comment c'est par l'ange qu'il fut frappé lorsqu'il essaya de la déshonorer. Le préfet jure qu'il croira au Dieu qu'elle adore si son fils lui est rendu vivant, et la jeune vierge, s'agenouillant près du cadavre, fait monter vers Dieu un tendre cantique pour demander la résurrection du mort.

Une autre scène fantastique se déroule alors à nos regards. Le ciel s'ouvre de nouveau ; Jésus-Christ, exauçant la prière de son épouse, appelle l'archange Raphaël et lui ordonne d'aller aux enfers chercher l'âme du mort pour la rendre à sa dépouille.

On voit les anges traverser en volant le fond du théâtre, sous le commandement de Raphaël, et se diriger vers les enfers en chantant sur l'air du *Veni Creator Spiritus*. Les démons fuient à leur approche. Les anges pénètrent dans l'enfer, s'emparent de l'âme du damné, la portent au corps qui gît aux pieds d'Agnès, et le mort ressuscite.

Ses premières paroles sont un délicieux chant d'action de grâces, sur l'air du morceau provençal : *Ven, aura douza, que vens d'outra mar ;* puis, s'agenouillant devant la vierge, il implore son pardon et demande le baptême. Arrivent le préfet et les siens. Muets d'admiration à la vue de cette scène, il se jettent aux pieds d'Agnès qui, posant la main sur la tête du préfet, lève les yeux au ciel et demande la bénédiction de Dieu pour ces pécheurs repentants.

Et tous ensemble entonnent les louanges du Seigneur sur l'air, disent les annotations du drame, d'une poésie du comte de Poitiers — ce Guillaume d'Aquitaine, généralement considéré comme le plus ancien des troubadours.

Ici, alors que le spectateur ou le lecteur pourrait croire que la pièce est finie, le drame prend un autre aspect, entre dans une seconde phase qu'on pourrait appeler le côté politique de l'œuvre, et une nouvelle action commence avec de nouveaux personnages.

Le peuple s'est soulevé en apprenant ce qui vient d'avoir lieu et les Romains envahissent le palais du préfet pour lui demander compte de son abjuration. Le sénateur répond noblement qu'il est chrétien, qu'il maudit les idoles d'argile, et qu'il adore le Dieu unique et véritable. La foule, à grands cris, demande la mort d'Agnès, croyant que, lorsqu'elle n'existera plus, le préfet recouvrera la raison ; mais Sempronius se déclare le champion de la jeune fille et se prépare, pour la sauver, à user de tout son pouvoir, aidé par son fils, qui vient à son secours et résiste à la colère et aux cris du peuple ameuté.

Les Romains se réunissent alors, destituent le sénateur Sempronius et nomment préfet, à sa place, un autre sénateur du nom d'Aspasius. Celui-ci offre de soutenir la loi romaine et ordonne d'amener la chrétienne devant son tribunal. Agnès accourt, mais elle refuse d'adorer les idoles, et Aspasius la condamne au supplice du feu. Les bourreaux l'attachent à un poteau et entassent autour d'elle une grande quantité de bois qu'ils allument; mais au bruit des trompettes célestes apparaissent des anges qui la défendent et le feu se retourne contre les Romains. Après plusieurs incidents, on voit encore s'ouvrir le ciel et apparaître Jésus-Christ, qui chante sur l'air de *Da pe de la montana*, et charge l'archange Raphaël d'aller dire à Agnès qu'elle a gagné une couronne et que le paradis la lui réserve.

L'ange accomplit sa mission pendant que les Romains, ameutés de nouveau, vont trouver le préfet Aspasius, et réclament impérieusement la mort de la chrétienne. Second supplice ordonné par Aspasius, qui vient lui-même surveiller l'exécution de ses ordres.

Agnès est de nouveau attachée au bûcher, qui cette fois accomplit son œuvre, et le préfet ne s'éloigne qu'après avoir constaté sa mort. Alors il ordonne à tout le monde de se retirer en disant : Bonne journée et que la déesse Vesta nous garde de tout mal. Eloignons-nous d'ici et laissons les chiens se disputer le cadavre.

Si Na Vestis mi guart de mal,
Non fessem malh tan bon jhornal,
E parlamos neymaih d'aci
E manjaran lo corps li chi.

La scène reste vide un instant, mais bientôt des nuages se rassemblent et les anges commencent à se montrer volant à travers les airs. Quatre d'entre eux descendent sur la terre, se placent à côté de la vierge en chantant l'antienne : *Veni, sponsa Christi, accipe coronam quam tibi Dominus præparavit in æternum.* Après quoi l'un d'eux, incliné sur le corps de la jeune fille, reçoit son âme, et la prenant dans ses mains, l'emporte au ciel suivi de toute la milice angélique qui chante en chœur : *Hæc est virgo sapiens et una de numero prudentium.*

Tel est le drame lyrique intitulé la *Tragédie de sainte Agnès.*

Peut-on, après l'avoir lu, continuer à soutenir que les poètes du moyen âge appelés Troubadours, ignoraient absolument l'art du théâtre ?

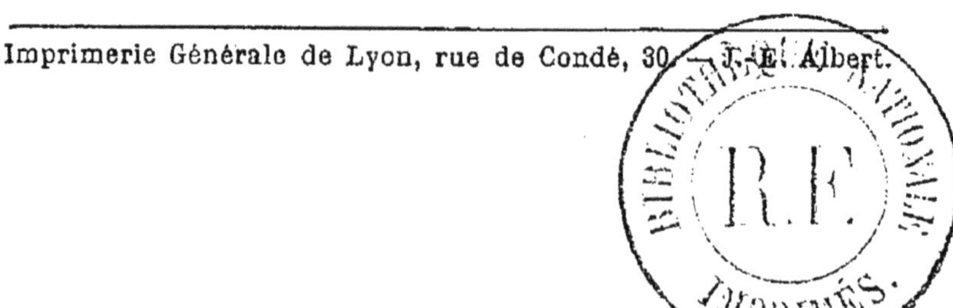

Imprimerie Générale de Lyon, rue de Condé, 30. — J.-E. Albert.